TABLEAUX MODERNES

AQUARELLES, DESSINS

PAR

BARILLOT, VAN BEERS, CABAT, CLAUDE, KARL DAUBIGNY
DEFAUX, DIAZ, HENNER, AIMÉ MOROT, PALIZZI, RIBOT, WILLEMS
YON, ETC., ETC.

VENTE HOTEL DROUOT, SALLE N° 8

Le Lundi 28 Avril 1890

A DEUX HEURES

EXPOSITION PUBLIQUE LE DIMANCHE 27 AVRIL 1890

DE UNE HEURE ET DEMIE A CINQ HEURES ET DEMIE

<table>
<tr><td>Me BOULLAND</td><td>MM. HARO FRÈRES</td></tr>
<tr><td>COMMISSAIRE-PRISEUR</td><td>PEINTRES-EXPERTS</td></tr>
<tr><td>26, rue des Petits-Champs</td><td>14, rue Visconti, et 20, rue Bonaparte</td></tr>
</table>

1890

4273. — IMPRIMERIES RÉUNIES, A, RUE MIGNON, 2, PARIS

CATALOGUE

DES

TABLEAUX MODERNES

AQUARELLES, DESSINS

PAR

BARILLOT, Van BEERS, CABAT, CLAUDE, Karl DAUBIGNY
DEFAUX, DIAZ, HENNER, Aimé MOROT, PALIZZI, RIBOT, WILLEMS
YON, ETC., ETC.

DONT LA VENTE AURA LIEU

HOTEL DROUOT, SALLE N° 8

Le Lundi 28 Avril 1890

A DEUX HEURES

EXPOSITION PUBLIQUE LE DIMANCHE 27 AVRIL 1890

DE UNE HEURE ET DEMIE A CINQ HEURES ET DEMIE

<table>
<tr><td>Me BOULLAND</td><td>MM. HARO FRÈRES</td></tr>
</table>

Me BOULLAND	**MM. HARO FRÈRES**
COMMISSAIRE-PRISEUR	PEINTRES-EXPERTS
26, rue des Petits-Champs	14, rue Visconti, et 20, rue Bonaparte

1890

Conditions de la vente.

Elle sera faite au comptant.

Les acquéreurs payeront *cinq pour cent* en plus du prix d'adjudication.

TABLEAUX MODERNES

BALLAVOINE (J.)

1 — Baigneuse.

Signé à gauche.

T. — H., 0^m,58. L., 0^m,32.

BARILLOT

2 — Sur la falaise.

Signé à gauche.

T. — H., 0^m,45. L., 0^m,70.

BEAUVERIE

3 — Jeune Paysanne.

Signé à gauche.

T. — H., 0^m,55. L., 0^m,38.

BEERS (Jan Van)

4 — Par un temps de neige.

Tambourin.
Signé à gauche.

BENNER

5 — Fruits.

Signé et daté 1861.

T. — H., 1^m,14. L., 0^m,95.

6 — Fleurs.

B. — H., 1^m,40. L., 1^m,23.

BERGERET

7 — Nature morte. Crevettes et Huîtres.

Signé à droite.

B. — H., 0^m,15. L., 0^m,25.

BONNEFOY

8 — Basse-cour.

Signé à droite.

B. — H., 0^m,22. L., 0^m,38.

9 — Pâturage.

Signé à gauche.

T. — H., 0^m,50. L., 0^m,60.

10 — Vaches au repos.

Signé à droite.

B. — H., 0^m,25. L., 0^m,11.

BONNEFOY

11 — Paysage.

Signé à droite.

T. — H., 0^m,32. L., 0^m,45.

12 — Basse-cour.

Signé à droite.

B. — H., 0^m,32. L., 0^m,27.

BONNEMAISON

13 — Arrivée des pêcheurs; Honfleur.

Salon de 1884.

T. — H., 2^m,00. L., 1^m,20.

BOURGES (Léonide)

14 — Le Nid.

Signé à droite.

T. — H., 0^m,40. L., 0^m,60.

BREST (Fabius)

15 — Marine.

Signé à droite.

T. — H., 0^m,32 L., 0^m,50.

16 — Marine.

Signé à gauche.

T. — H., 0^m,32. L., 0^m,50.

BRUELLE

17 — La Sortie du Tréport.

Signé à droite et daté.

T. — H., 0^m,27. L., 0^m,38.

18 — Le Port du Tréport à marée basse.

Signé à droite et daté.

T. — H., 0^m,27. L., 0^m,39.

CABAT (L.)

19 — Paysage. Bords de rivière.

Signé à gauche.

T. — H., 0^m,41. L., 0^m,60.

CAILLOU

20 — Pêche à la ligne. Paysage.

Signé à gauche.

T. — H., 0^m,70. L., 0^m,49.

CARAUD

21 — La Soubrette.

Signé à gauche.

B. — H., 0^m,50. L., 0^m,43.

CHARPIN (A.)

22 — Dans les champs.

Signé à droite et daté 1878.

T. — H., 0^m,65. L., 0^m,82

CLAUDE

23 — Un Dessert.

Signé à droite.

T. — H., 0^m,53. L., 0^m,64.

24 — Gibier. Nature morte.

Signé à gauche.

T. — H., 0^m,60. L., 1^m,25.

25 — Grenade et Raisins.

B. — H., 0^m,46. L., 0^m,55.

COIGNARD

26 — Toucheur de bœufs et son troupeau.

Signé et daté à gauche 1850.

T. — H., 0^m,31. L., 0^m,40.

DAUBIGNY (Karl)

27 — Bords de rivière.

Signé à droite et daté.

B. — H., 0^m,39. L., 0^m,67.

28 — Bords de rivière.

Signé à gauche et daté.

B. — H., 0^m,35. L., 0^m,59.

DEFAUX

29 — Au bord de la mare.

Signé à gauche.

T. — H., 0^m,65. L., 0^m,55.

DELACROIX (AUGUSTE)

30 — Femme smyrniote et son Enfant.

Signé à gauche et daté 1863.

T. — H., 0^m,61. L., 0^m,49.

DELANOY (HIPPOLYTE-PIERRE)

31 — Fleurs et Fruits.

Signé à droite.

T. — H., 0^m,63. L., 0^m,81.

DELPY

32 — Pêcheuse de moules.

Signé à droite.

B. — H., 0^m,60. L., 0^m,32.

33 — Les Marais. Effet de soleil couchant.

Signé à droite.

B. — H., 0^m,32. L., 0^m,60.

34 — La Plage à marée haute.

Signé à droite.

B. — H., 0^m,82. L., 0^m,06.

35 — Bords de la Marne.

Signé à droite.

B. — H., 0^m,27. L., 0^m,46.

DELPY (H.-C.)

36 — Embarquement d'huîtres à Granville.

Signé à droite.

B. — H., 0ᵐ,32. L., 0ᵐ,60.

37 — Bords de Seine. Effet de soleil couchant.

Signé à droite.

B. — H., 0ᵐ,33. L., 0ᵐ,60.

38 — Village en Bretagne.

Signé à droite.

B. — H., 0ᵐ,32. L., 0ᵐ,60.

DIAZ

39 — Nymphe et Amour.

Signé à gauche.

C. — H., 0ᵐ,38. L., 0ᵐ,24.

DUBOIS

40 — Effet de nuit.

Signé à gauche.

B. — H., 0ᵐ,16. L., 0ᵐ,18.

DUVIEUX

41 — Pont du Rialto (Venise).

Signé à gauche.

T. — H., 0ᵐ,17. L., 0ᵐ,31.

*

FLEURY

42 — Bord de rivière.

Signé à droite.

T. — H., 0ᵐ,33. L., 0ᵐ,44.

FRANÇAIS

43 — Les premières Feuilles.

Étude faite dans un ravin près Plombières.
Signé à gauche et daté 88.

B. — H., 0ᵐ,42. L., 0ᵐ,30.

43 bis. — Vue prise à Tivoli.

T. — H., 0ᵐ,23. L., 0ᵐ,31.

FRÈRE (THÉODORE)

44 — Ombres chinoises au théâtre de Karaguez, au Caire.

Signé à droite.

T. — H., 0ᵐ,21. L., 0ᵐ,16.

FROMENTIN

45 — Une Fontaine en Afrique.

Tableau non terminé.

T. — H., 0ᵐ,35. L., 0ᵐ,27.

GIRARDET (HENRI)

46 — Une Rue à Biskra.

Signé à droite et daté.

T. — H., 0ᵐ,24. L., 0ᵐ,32.

GRIMELUND

47 — Auvers-sur-Oise.

Signé à droite.

48 — Bords de l'eau.

Signé à gauche.

T. — H., 0^m,34. L., 0^m,51.

49 — Vue prise à Auvers-sur-Oise.

Signé à gauche.

B. — H., 0^m,27. L., 0^m,41.

50 — Village près d'Amboise (Loir-et-Cher).

Signé à droite.

B. — H., 0^m,27. L., 0^m,41.

51 — La Plage.

Signé à gauche et daté.

T. — H., 0^m,00. L., 0^m,00.

52 — Ile de Veaux, à Auvers-sur-Oise.

Signé à droite.

B. — H., 0^m,27. L., 0^m,41.

53 — Vallée du Hubillaud, à Landemer (Manche).

Signé à gauche.

B. — H., 0^m,27. L., 0^m,44.

GRONLAND

54 — Raisins. Nature morte.

Signé à gauche, daté 45.

B. — H., 0ᵐ,36. L., 0ᵐ,45.

HENNER

55 — Andromède.

Signé à droite.

B. — H., 0ᵐ,39. L., 0ᵐ,21.

MELIN

56 — Tête de chien.

Signé à droite et daté.

T. — H., 0ᵐ,39. L., 0ᵐ,45.

MONFALLET

57 — Un Théâtre au dix-septième siècle.

Signé à gauche.

T. — H., 0ᵐ,56. L., 0ᵐ,66.

MOROT (Aimé)

58 — Cuirassier blanc.

Étude pour le tableau « Rezonville ».

T. — H., 0ᵐ,37. L., 0ᵐ,45.

GRONLAND

MOYNIER

59 — La Plage.

Signé à droite.

T. — H., 0ᵐ,40. L., 0ᵐ,73.

60 — Nature morte.

Signé à droite en haut.

B. — H., 0ᵐ,32. L., 0ᵐ,55.

PALIZZI

61 — Le Petit Griffon.

T. — H., 0ᵐ,65. L., 0ᵐ,53.

62 — Le Mouton.

T. — H., 0ᵐ,36. L., 0ᵐ,50.

63 — Buffles.

Vue prise aux environs de Salerne.

B. — H., 0ᵐ,47. L., 0ᵐ,70.

64 — Sangliers dans la mare Verte (Forêt de Fontainebleau).

Salon de 1886.

T. — H., 0ᵐ,63. L., 1ᵐ,00.

PARIZY

65 — Pêches et Raisins.

T. — H., 0ᵐ,32. L., 0ᵐ,46.

PELTIER (Léon)

66 — Une Rue de village.

Signé à droite et daté.

T. — H., 0^m,57. L., 0^m,88.

67 — Paysage. Bords de la Seine.

Signé à droite et daté.

T. — H., 0^m,64. L., 0^m,80.

68 — Pommiers en fleur.

Signé à droite et daté.

POINTELIN

69 — Paysage.

Signé à gauche.

T. — H., 0^m,37. L., 0^m,55.

70 — Crépuscule.

Signé à droite.

T. — H., 0^m,36. L., 0^m,53.

RIBOT

71 — Œufs sur le plat. Nature morte.

Signé.

T. — H., 0^m,54. L., 0^m,92.

72 — Volailles.

Signé à droite.

T. — H., 0^m,55. L., 0^m,86.

RICHET (Léon)

73 — Cabane au bord de la mer.

Signé à gauche.

T. — H., 0^m,51. L., 0^m,70.

RICHTER

74 — L'Oiseau envolé.

Signé à droite.

T. — H., 0^m,55. L., 0^m,35.

ROMIEU

75 — Le Bouquet de violettes.

Signé en haut à gauche.

B. — H., 0^m,32. L., 0^m,24.

LE SÉNÉCHAL

76 — Rentrée au port par un gros temps.

Signé à gauche.

T. — H., 0^m,38. L., 0^m,56.

77 — L'Arrivée du poisson.

Signé à droite.

T. — H., 0^m,37. L., 0^m,55.

78 — L'Entrée au port.

Signé à gauche.

T. — H., 0^m,38. L., 0^m,56.

79 — Bords de l'eau.

Signé à droite.

T. — H., 0^m,33. L., 0^m,46.

SISLEY

80 — Chemin sous bois.

Signé à gauche et daté 1867.

T. — H., 0^m,95. L., 1^m,22.

VALERIO

81 — Musicien hongrois.

Étude.
Provient de la vente Valerio.

T. — H., 0^m,33. L., 0^m,24.

82 — Jeune Hongroise.

T. — H., 0^m,32. L., 0^m,23.

VERNIER (ÉMILE)

83 — Bûcherons. Forêt d'Écouen (Seine-et-Oise).

Signé à droite.

T. — H., 0^m,30. L., 0^m,40.

84 — Marine.

Signé à droite.

T. — H., 0^m,40. L., 0^m,60.

85 — Bateau sur Seine.

Signé à droite.

T. — H., 0^m,24. L., 0^m,30.

86 — Effet de neige.

Signé à droite.

T. — H., 0^m,23. L., 0^m,36.

VERNIER (Émile)

87 — Printemps.

Signé à droite.

T. — H., 0ᵐ,36. L., 0ᵐ,27.

VIGNON

88 — Paysage. Le Village.

Signé à gauche.

T. — H., 0ᵐ,33. L., 0ᵐ,41.

VUILLEFROY

89 — Le Pâturage.

Signé à droite.

T. — H., 0ᵐ,38. L., 0ᵐ,46.

WILLEMS (F.)

90 — L'Éducation du caniche.

Signé à droite.

B. — H., 0ᵐ,46. L., 0ᵐ,34.

YON

91 — Bords de l'eau.

Signé à droite.

T. — H., 0ᵐ,24. L., 0ᵐ,45.

92 — Bords de la Marne.

Signé à droite.

T. — H., 0ᵐ,28. L., 0ᵐ,45.

93 — Bords de la Marne.

Signé à droite.

T. — H., 0ᵐ,28. L., 0ᵐ,44.

94 — Sous ce numéro les tableaux non cata-
logués.

AQUARELLES

BROWNE (Henriette)

95 — Tête de jeune femme.

Crayon noir rehaussé de blanc.

CABANEL

96 — Trois têtes d'étude.

Sanguine et crayon noir.

CHAPLIN

97 — La Renommée.

Sanguine.

DELACROIX (Eugène)

98 — Paysage.

Aquarelle.
Provient de la vente Delacroix.

DVORAK

99 — La Prière.

Pastel.
Signé à droite et daté.

GIACOMELLI

100 — Oiseaux sur une branche.

HARPIGNIES

101. — Le Pont des Saints-Pères. Vue prise de
la berge.

Aquarelle.
Signé à gauche et daté 1863.

ISABEY

102 — Une Hutte.

Dessin à la mine de plomb.
Provient de la vente Isabey.

MATOUT

103 — Vierge et Enfant.

Dessin aux trois crayons, forme ronde.

MICHEL

104 — Le Semeur.

Dessin rehaussé de blanc.
Signé à gauche et daté de Remilly 71.

RAYNAUD

105 — Savoyard.

Aquarelle.
Signé à droite et daté.

106 — Italienne.

Aquarelle.
Signé à droite.

ROUSSEAU (Théodore)

107 — Paysage.

Dessin à la plume.

SEGÉ

108 — Rochers en Bretagne.

H., 0ᵐ,31. L., 0ᵐ,46.

IMPRIMERIES RÉUNIES, A, RUE MIGNON, 2, PARIS. — 1276.